KB208890

진심의   바깥

진심의   **바깥**

이제야 시집

추천의 글

이제야 시인의 두 번째 시집이 우리 앞에
도착했습니다. 수줍게 기다려 온 반가운 소식처럼.
시인의 말을 통해 그는 〈믿음〉이 녹지 않도록 오래
지켜 왔음을 고백합니다. 지켜 온 믿음을 가진
자만이 〈아름다움〉을 말할 자격을 가지고 있기
때문이겠지요. 오래 지켜 온 것들의 목록에는
시간도 자리합니다. 「모아 둔 밤」이 그러한데요.
어쩌면 우리는 그동안의 아픈 밤들을 정성스럽게
주워 모았는지도 모릅니다. 마치 〈돌이킬 수 없는
일기를 다시 쓰듯〉이 말이지요. 다시 쓴 일기들은
언제 되돌아오게 되는 걸까요. 혹은 이미 도착하여
우리의 머리맡에 자리해 있을 수도 있습니다.
이러한 시간들이 쌓이고 쌓여 어느 날 문득, 우리는
「미래의 답장」을 받을 수 있을지도 모릅니다.
무수히 많은 막다른 골목에서 「오래된 노래」를
불렀던 기억을 떠올려 볼까요. 「오래된 노래」를
〈시〉로 바꾸어 읽어도 좋겠습니다. 시집의 책장을
넘기는 순간 「진심의 바깥」에서 「사랑의 안쪽」을
바라보는 시공간이 펼쳐질 것입니다.
— 이은규(시인)

때로 시는 날개를 잃기도 한다. 타오르는 태양 아래에서 녹아내리는 날개를 바라보는 불가해한 순간을 맞기도 하는 것이다. 그러나 절망할 필요는 없다. 그것은 상실이 아니라, 몸의 날개를 마음의 중력으로 갈아 끼우는 순간이니 말이다. 지구가 간신히 열어 놓은 허공을 다 헤맨 자가 우주의 별자리 속으로 뛰어들기 위하여. 이 행성의 우주선에 탑승하는 순간 말이다. 그러나 이 시집을 읽다 문득 바라보는, 저 〈창문이 그림이라면 우리는 / 벌써 도착해 있었을지도〉(「눈사람의 방」) 모른다. 〈먼 우주로부터 무제로〉(「눈사람의 방」), 언제나 여행의 끝이자 시작인 〈쓸 수 없어서 사랑이 되는 말들〉(「무수한 속사정」)의 블랙홀에 말이다.

― 신용목(시인)

시인의 말

우리는 믿음이 녹지 않도록 지켰다
기꺼이 아름답다고 말하려고

내가 잊기 위해 쓰는 모순이
우리에게 당분간 진심이 되기를

진심의 바깥에서
아무것도 기억하지 않기를

이제 아름다움을 흩어 두기로 했다

목차

1부

순수한 얼룩을
사랑할 수 있을까

눈빛의 탄생

우리의 대화는 사랑에 비하면 단순했다

공원을 몇 바퀴 돌다가 눈동자를 그리고

눈빛에 어떤 역할이 있다면
진심을 느닷없이 말하기 좋다는 것

그 작은 진심이 나를 바라보고 있지

느닷없는 일들을 헤쳐 나갈 것처럼

녹슬지 모를 눈빛을 오래 기억하려고
사랑이라고 쓴 눈동자를 그리고

한 번쯤 순수한 눈동자를 얻으면
우리는 소설 같은 날이었다고

미루고 싶은 순간들이 오면
미뤄 낼 것들을 하나씩 생각했다

아껴 온 진심이 소멸할까 봐

눈빛보다 선명하게 사랑을 답하면
우리는 사랑에 가까워질지도 모르지

공원을 한 바퀴 더 걷자고
둥그런 눈동자에 손을 그리고

불가해한 이야기가 나을 것 같았다

우리의 이해는 사랑에 비하면 단순했다

꿈결인 것처럼

이불 안에 숨겨 둔 잠을 꺼냈다

우리가 꿈에서 잡은 손이 따뜻했다면
그것은 현실이라고 해도 될 것 같아서

어떤 감촉은 만질 수 없지만 포근해

꿈결이라는 말을 믿고 싶을 때마다
자꾸만 잠을 숨겨 놓았다

어떤 낮잠은 악몽의 동화같아서
수식어 없는 눈물이 흐르겠지

다시 잠을 숨겨 두는 꿈을 꿨어

그럼 고통은 보통의 날들 중에
문득 생각난 것 뿐이라고

이상하게 행복한 날이 있지

그럼에도 과분하다고 말하지 않는

16

반대편의 진심

말할 수 없는 것을 진심이라고 하면
무엇이든 믿을 수 있을 것 같았다

읽을 수 없는 오래된 이야기들과
보고 싶어서 볼 수 없는 존재들이
간직되고 있을 것처럼

차가운 입김에도 눈꽃은 어는데
더 녹아내릴 것도 없는 믿음 앞에 있었지

닿을 수 없는 것을 아름다움이라고 하면
순수한 얼룩을 사랑할 수 있을까

우리는 매일 우리를 위해 애쓰는 사람들

용기 내 진실을 열었다가 다시 서랍을 닫고
녹아내린 믿음을 다시 굳히면서

안을수록 더 빠져나가는 것을 끌어안으며
아무도 간직할 수 없는 각자의 계절에 살지

덮어 둔 날들을 당분간의 진심이라고 하면

우리는 조금 더 우리에게 가까워지는 것 같다

모르고 싶어도 간직되는 어린 날 같은 것

말할 수 없는 것을 진심이라고 한다면
이제 오래된 진심에 대해 이야기해 보자

우리가 빈 의자에서 기다려 온 만큼만

미래의 답장

걸어갈 수 없는 길 앞에 멈춰 서면
우리는 이것을 오래된 노래라고 불렀지

어떤 장마는 볕처럼 내리기도 하고

멀리서 젖어 온 옷이 며칠 마르지 않으면
맨몸으로 방 안에 앉아 창밖을 보았다

장마가 계속되면 먼 미래에 편지를 썼다

한낮의 위로는 얼마나 짧으며
한밤의 꿈은 얼마나 위태로운지

그리운 것들을 오래 기억하라는 듯이

확신의 편지라는 것은
10년이 지난 노래를 외워 부르는 일
묵직한 미안함이 녹슬어 가는 일

세상에 많은 우리의 거리를 세는 동안
이제 멀리 갈 곳이 없어서 낮잠을 잤다

겨울을 위한 목도리를 미리 둘러놓고
우리는 이것을 미래의 답장이라고 부르겠지

환한 얼굴들이 노래를 시작하면
볕이 좋은 미래에 장마가 끝났다

무수한 속사정

매일 서로의 말을 쓰다듬는 꿈을 꿨다

웃는 이마에서 입술까지 퍼지는 말들이
쓸 수 없는 온갖 사랑을 만들고

묵묵한 끌림이 탄생하는 날이야
늦은 시간을 건널 힘을 가질 것처럼

온갖 사랑이 온갖 언어가 될 것 같았지

오해는 왜 언제나 끌림 뒤에 서 있을까
눈썹 만큼의 거리에도 닿지 못한 말들

달콤한 사과가 되기까지의 과육의 표정들
무수한, 속의 시간들에서 버려지는 말들

우리는 온갖 언어를 오해하며 자랐다

뜻을 몰라도 채워지는 공백의 언어들

처음부터 오해로 기록되는 사전을 품고

두부를 부두라고 말하던 어린아이는
설움을 사랑이라고 말하는 어른이 되었지

서로의 말을 접으며 잠에서 깼다

쓸 수 없어서 사랑이 되는 말들이 있었다

해변의 끝으로

모두 같은 옷을 입고 걷고 있었다

영원히 같은 표정으로
살아 본 적이 있는 것처럼

외워 둘 이야기가 없는 남자는
이 길을 오래 걸어야 할 것 같았다

고통이 하나씩 있다는 것이 공평한 일이라면
이곳이 가장 안전할 수 있을 것 같은데

공평하다는 말로 기나긴 밤이 위로가 되듯이

어린아이는 이 길의 끝을 알고 있을까

감당하기에는 어리지만
감당해야 할 동화의 허구를

외워 둘 단어를 손에 쥐어 줄 수 있다면
그것은 둥근 희망이라고

창문 밖은 허구가 아닐 수도 있어

가장 안전한 고통은 우리라고
아이에게 바다를 보여 주고 싶었다

오후에는 해변에 갔다

해변에서 우는 사람은 나 혼자였다

눈사람의 방

오늘을 모르는 동안에는
쓸 수 없는 날들이 많아졌다

어제는 초봄이었는데
오늘은 한겨울이라는
한 사람을 만났다

이유 없는 느낌을 주고
사실 없는 직감을 받는 일

어쩌면 밑줄의 탄생과 같은

믿는 동안에는
근거 없는 날들이 좋아졌다

여기, 기록된 날씨들을 지운다

창문이 그림이라면 우리는
벌써 도착해 있었을지도 모르지

먼 우주로부터 무제로

어제는 초여름이었는데
오늘은 낙엽이 흐르네

영원히 겨울은 가지 않을 것
다 자란 눈사람을 창밖으로 던질 때까지

언덕 서점

겨울 저녁 언덕 위 작은 서점에 사람들이
모였습니다

소설 한 문장을 이해하려고 며칠을 애쓴 사람이
왔습니다

언어가 정확한 진심이 될까요
우리는 물었습니다

아무 답도 없이 소설 한 문장에 계속 밑줄을
그었습니다

다음 사람은 시들어 가는 식물을 가방에 넣어
왔습니다

짧은 무관심에 시간이 베이겠죠
우리에게 고백합니다

식물에게 태교 동화를 읽어 주고는 마른 잎을
떼어냈습니다

책을 한 번도 골라본 적이 없는 사람이 서점을

헤매고 있습니다

사람을 사랑할 수 있는 책이 있어요
우리는 다짐했습니다

사전을 꺼내 사랑을 찾고는 사랑이 지워진 책을
골랐습니다

빈 얼굴을 잔뜩 그린 스케치북을 든 사람이
왔습니다

이해되는 만큼의 눈빛은 없지요
우리를 안았습니다

책을 뒤지면서 빈 얼굴에 문장을 하나하나
채웠습니다

가장 가파르던 마음들이 고단한 언덕을 내려갑니다

다시 믿어도 되는 이야기들이 생겼습니다

어떤 기념일

어떤 순간은 영원한 다짐이 되기도 하지

갯돌이 반짝이던 밤이었지 때론
반짝임이 소리로도 느껴지니까

어깨를 감싸는 그림자로 짐작되는 것이 있다면
눈빛이 무의미해지는 순간이라고

어둠 속을 호명할 수 있는 것처럼

잠든 순간에만 느끼는 냄새가 있었지
무형의 탄생이라고 한다면 아이는 어쩌면 이미
사랑하는 법을 알고 있다고

아무 답이 없는 작은 숨소리는
무조건적인 깊은 밤을 날지

잔디에 누워 책에 물을 줄까
쏟아지는 것들은 솔직하니까

숨기고 싶은 이야기들을 심어 둔 곳을
우리가 꺼내 볼 수 있다면

풀밭은 순식간에 바다가 되고
눈물에 찻잎을 우려내지

어린 나는 없고 어린 내가 있던 거리에 서면
그것은 용기일까

잊고 싶은 날에 다녀오면 이제
사람을 믿는다고 해도 될 것 같아서

바람이 부네
노래를 부르기 적당한 날씨가 되겠지

우리는 찾고 싶은 것이 있었을지도 모르지

모아 둔 밤

우리는 며칠의 밤을 주워 모았다
돌이킬 수 없는 일기를 다시 쓰듯이

해가 뜨는 밤이 오면 할 일을 적었다
모든 안부를 빈 손으로 맞던 날에 대해

모아 둔 밤들을 녹일 수 있겠지

용기 내지 않아도 뻗어간 눈빛으로
볕이 좋은 밤에는 잎을 닦았다

닳는 시간들은 헤매는 그림자가 되고

정직한 그림 일기를 쓰던 어린 내가 오면
나는 노력으로 쓴 일기를 읽어 주었다

〈주워 모은 밤은 저 멀리 낮달로 뜬다〉

어린 나는 그렇게 미래로 돌아갔지
밀린 눈물을 씩씩하게 닦아 내면서

괜찮다는 변명으로 일기를 빼곡하게 채우면

내일은 일기에 사랑을 쓸 수 있을까

돌아갈 수 없는 날들의 일기를 줍다가
달이 뜨면 기지개를 켜고 낮잠을 잤다

노력에 가까운 문장들이 있었다

옥상 동화

오늘도 나무가 자라지 않았습니다

새로 산 초록색 서랍을 열어보면
빼곡한 숲을 볼 수 있을 것 같은데

방에 걸어 둔 종을 울려 봅니다

오래 부치지 못한 편지를 쓰고
어린 내가 그린 나의 얼굴을 넣고

오늘은 조각난 가방을 챙겨야겠습니다

머리카락이 굳어 가는 꿈을 꾸면
바람이 머무는 자리를 기록하고

귀에 구름을 하나 얹어 봅니다

어떤 날은 이렇게 속도를 알게 되고

어린 내가 그린 얼굴이 조각 사이로 보이면
오늘을 같이 살아 보기로 합니다

매일 흔들 의자에 앉아 일기를 쓰면
단정하지 않은 글이 완성됩니다

읽고 싶지 않고 쓰고 싶지 않은 만큼만

조각난 가방을 열다가 나를 잃을 것 같아
잘 익은 귤을 통째로 삼켰습니다

귀에 얹은 구름이 무화과나무로 자라면
순수한 울음 소리는 빗소리로 내릴까요

누구나 오해하고 싶은 아름다움이 있으니까요

2부   우리는 처음의 느낌을
잊어 가면서

우리의 이해

우리는 이것을 처음의 느낌이라고 했다

익숙한 서글픔이거나 당연한 아픔이거나
오래 굳어 모르는 열망 같은

어쩌면 느낌이라고 할 수 없는 느낌에 대해

우리는 선명해지려고 노력했었지
어두운 빛이라도 더 굳어지지 않기 위해

그럼 지나간 느낌을 이야기해 보자

처음이 간절함의 온도를 잃은 날에 대해
끝에서 더 끓지 못해 녹아내린 믿음에 대해

되돌아본다는 믿음이 예의인 것처럼

한 겹씩 걷어 내면 애초로 돌아갈 것 같다
지금 여기가 나만 아는 처음인데

걷어 낸 시간들을 이해한다고 해도 될까
벽이 서로를 녹일 힘을 줄 수 있다면

느낌은 분명해질 수 없는데
가끔은 선명해지는 느낌으로 사니까

각자 처음이고 싶은 만큼만
구슬로 벽을 가득 채워 보았다

위로되지 않는 우리를 믿으면서
우리는 처음의 느낌을 잊기로 했다

있을 법한 날

공책에 적어 둔 주소가 정확한 방향이라고
어느 순수한 동화에서 들었던 것 같다

주소를 손에 쥐고 해가 질 때까지 걸었다
가장 먼 곳이면 좋겠다고 생각하면서

멀지 않은 곳이었다고 말하면
아껴 온 진심이 소멸될까 봐
어린 나는 주소를 자꾸 잊어버렸다

우리는 그날을
그날이라고 믿을 수 있을까

순수한 동화를 다시 읽고 주소를 찾아갔다

그 자리에 아무것도 없어도
그때일 수 있다고 누군가가
능소화 핀 그해 대문을 활짝 열어 주었다

주소를 손에 쥐면 해가 지지 않았다
그때의 우리는 그때일 수 있다고

방향은 찾을 수 없을 때까지만 정확했다
영원처럼 오래도록

다락방과 책갈피

어제는 다락방에서 기억들을 찾았다

나란히 세워 둔 흑백의 낮들을

이 모든 탄생과 죽음에 대해서는

벌써 잊었을지도 모르지

그럼 한 번도 사랑하지 않은 것이 될까

가끔은 과분한 기억이 있지

나뭇잎이 몇 바퀴를 돌아 떨어졌는지

뒤돌아 서던 발자국은 몇몇이 멀어졌는지

그럼 이것은 전부 사랑한 것이 될까

전설 속의 이야기를 줄줄 외워 보았다

사랑하는 사람이 사랑을 기다리는 전설

48

우는 사람이 울음을 모으는 전설

가끔은 쓸모없는 발단이 끝을 만드니까

바다를 모르고 싶어서 모래를 기억한다면

얼마나 많은 바다를 외울 수 있을까

사랑을 잊고 장면을 잃는 사람들

오늘은 다락방에서 기억들을 외웠다

난 기억한 적이 없는 것들을

2월 29일

오래된 약속이 사는 마을에 갔다

살아가는 향을 맡으며 사라져 가는
쓸쓸한 냄새를 잊고

종이꽃이 통통한 줄기에 닿는 오후는
백지 공책 한 쪽이 전시되는 황홀함

쉽게 태어난 에피소드들이 기차역에 가득해

헝클어진 거리에 시계를 걸면
경계 없던 마음에 규칙이 다가서고

사라지는 소리가 재회의 약속 같은 때가 있지

낭만, 부르기만 해도 불러지는 투명의 사건처럼

갓난아기와 노인이 함께 시소를 탄다면
시제가 없는 행복의 나라로 간다고

백지에 쓴 시를 다음 기차역으로 보냈다

모래시계를 수천 번 뒤집으며 낡은 문을 열면
여기는 녹는 것들이 모이는 곳

오래된 약속을 손으로 꽉 쥐면
둥그런 재회가 된다는 믿음이 있지

오래된 우리가 사는 마을에 갔다

깊이의 역할

한 번도 울지 않은 잊지 않은 사람이
굳은 외투를 벗고 처음으로 일기를 읽어 주었다

서로를 이해한다고 믿어도 될까
이해는 역할인데

그럴듯한 사정을 아는 듯
마치 울어 본 것처럼 잊어 본 것처럼

한 번도 울지 않고 잊지 않은 사람이
다시 서로의 외투를 입고 일기를 썼다

나는 너를 사랑하고 있는 거라고

깊이는 이해될 수 없는 이야기인데

아무 일 없는 사람들이 서로를 위로하며
이해될 수 있을 만큼만 적어 두기로 했다

스스로를 읽어 본 적 없는 얼굴들은
스스로를 완벽하다고 믿지

밤새 일기를 읽는 동안에도
우리는 우리를 이해할 수 없는데

이해한다는 말로 밤을 지새는 동안
새로운 역할이 환한 등을 감싸고 있었다

울지 않고 잊지 않는 일기를 덮으며

빛의 얼굴

어느 빛이 돌아와 겨울이 되는지 묻는다면
나는 얼마나 모아 둔 생각을 주어야 할까

겨울밤이 같은 속도를 가진다면
우리는 미래를 확신할 수 있을까

간절함이 속도를 용서할 수 있는지

여름밤이 우리에게 공평했다는 대답은 없는데

투명한 손만을 가진 사람들은
오늘도 환상하며 흩어진 빛들을 다시 모으지

겨울로 온 빛들이 낮달로 빼곡히 태어나면
모두가 녹지 않은 불꽃이 될 수 있을까

여름에는 열어 볼 수 없는 이야기가 있어

젖은 손으로 첫눈을 만진 날의 일기

매일 쏟아지는 햇볕에 함박눈을 던지는 행복 같은

어느 빛을 모아야 겨울이 되는지 묻는다면
나는 지나간 손을 내어 줄 수 있지

빛이 비로소
많은 얼굴로 살아가는 것을 이해할 때까지

아무도 늙지 않는 밤

읽다 만 책을 다 읽은 밤이었습니다

겨울 달이 투명에 가깝기도 했던 밤

10년 전에 끊었던 전화를 다시 받았습니다

인사 없이도 그날이 다시 시작되었습니다

나는 읽다 만 책을 펼쳐 몇 문장을 읽어 주면서

어른이 되면 시를 쓰겠다고 말했지요

우리는 내일을 이미 알고 있는 듯이

아파할 것과 지나갈 것에 대해 받아 적으며

잘 둔다는 것에 대해 생각했습니다

여전히 사람을 사랑하는지 물었는데

내일에는 사람을 사랑해 본 적 있다고

우리는 어제가 되면 읽을 책을 골랐습니다

10년 전에 시간을 익히는 방법을 알았다면

우리는 아무도 잊지 않았을까요

가끔은 달이 투명에 가까운 이유처럼

나는 창밖에 가득 보이는 폭설을 이야기했고

오늘 긴 장마가 끝난 이야기를 한참 들었습니다

내일은 더 슬펐으니까 어제는 더 좋을 거라고

몫몫이 두 계절을 바르게 지나가기로 했지요

어제 나는 시를 써야 하니 내일은 푹 잤습니다

아무도 늙지 않는 밤이었습니다

서로의 바다

알맹이를 긴 줄로 놓으면 세모 네모가 되었다가
사랑을 그릴 수 있었다
어떤 모양이라고 할까
자신과 자신을 부를 수 있다고 노래했던 밤을

거리에 틈이 존재한다면
내가 너일 수 없는 이유가 된다고 했었지
석류를 까던 나는 접시에 알맹이를 하나씩
올려 두며 거리를 세었다
볼 수 없는 틈을 보는 순간이 그냥 좋아서
손이 물드는 줄도 모르고

손을 잡아 보면 알 수 있지 않을까
알맹이를 세어 본 동백꽃 손을 내밀면
다 이해한다고 믿기도 했지

보이지 않는 거리에서만
믿기 좋은 약속들이 있으니까

우리는 투명으로 가고 있어
그럼 우리는 얼마나 사랑한다는 뜻일까

분명하지 않아도 되는 이유를 선명해지는
시간이라고 하자

이해할 수 없고 믿지 않아도 되는 틈에서
우리는 잘 지내 왔듯이

투명해지는 만큼
자신과 자신을 내려놓을 수 있다고 썼던 밤

알맹이를 다시 모아 바구니에 담았다

투명한 거리를 석류 화분에 심어 보면
이해하지 않아도 되는 것들이 피어난다

이것을 서로를 위한 틈이라고 하자

화분에 알맹이가 피어나면 그때 다시
우리는 서로를 위한 밤을 세면서

온전한 휴가

아침에는 눈사람을 만들었습니다

녹지 않는 용기가 필요한 일들이지요

눈을 털어 내고 샐러드 한 접시를 만들었습니다

눈사람들이 사는 마을을 찾아 갔습니다

깊숙한 눈에 우리의 바질을 심어 두었지요

볕에서 달아나자는 약속을 누군가는 지켜 주기

내일 주고 싶은 샐러드를 눈 밭에 심습니다

외로움이라고 쓴 접시를 온전함이라고 바꾸기

나를 오해한 사람들에게 진실을 숨기기

이미 잊었다는 거짓말로 정직하게 원망하기

녹기 전까지 사랑이 필요하겠습니다

67

이제 눈사람이 되어 기다려 봅니다

마음껏 잊어버려도 되는 노래를 부르기

추위에 서 있는 두 발은 순수하게 녹아 갑니다

오늘 하루의 느낌을 고스란히, 라고 적었습니다

히아신스 일기

볼을 물들이는 바람이 불면
겨울이라고 불렀다

단호박 스프가 익어가는 아침은
유리창에 시를 적기에 좋았지

어쩌면
놓치지 않기로 한 손이 있어서

그러니까 우리는
뭉근해질 때까지 기다렸다

사랑해, 짧은 입김을 생각해

놓치지 못한 박자로 사랑하고
맴돌던 박자로 사랑을 놓쳤다고

그러니까 겨울에 할 일이 있지

히아신스를 이불 속에 넣어 두고
찢어진 책을 이어 붙이는 일

어쩌면
지켜야 할 약속이 있어서

입김이 사라질 때까지
유리창에 시를 적어야지

지우면서 쓰는 말들을
영영 잊지 않을 것처럼

공백의 이름

잃어버린 이야기를 찾습니다

백사장에 꽃을 심는 사람을 사랑하는 일

바다에 책을 띄워 저만치 숲으로 보내는 일

이 시간들을 무해하다고 해도 될까요

공백의 시간들이 낭만이 되어 채워질 때까지

한여름 복숭아에도 익는 목소리가 있대

내가 나를 불러 줄 수 있는 최선의 목소리로
언제나 노력에 가까워지고 싶은데

우리는 이렇게 자랐는데 우는 법을 모르고

세상에 없는 시간들을 사는 눈빛들

내일에도 없을 애초를 찾는 인사들

이 노래들을 사랑이라고 해도 될까요

자다 깬 베개에 복숭아 물이 선명히 들면
여름이라고 부를 수 있는 것

아무도 살지 않는 날에서 소식이 오면
이것은 가장 안전한 편지라고

애초에 없던 희망들이 낭만으로 떠오를 때까지

3부

밑줄을 모아
잃어버릴 편지를 쓰고

맹목의 숲

완전하다고 믿은 것들이 있었다

맹목들이 자라나 숲을 이루었다고 어루만졌지
소멸해 가는 이유들이 자라나는 줄 모르고

난간을 메운 낮달이 밤을 깨웠다고 껴안았지
그 틈으로 간극이 무성해지는 줄 모르고

우리에게는
덧댄 말들이 최초의 고백인 듯이

여전히 무의미하지는 않은 공허를 끌어안고
아무도 오지 않는 창에서 며칠을 잤다

우리는 우리의 틈을 만들지 못했지

우리들에게서 하나씩 우리를 걷어 내어
각자에게로 되돌려주는 밤을 지나고

달콤한 한입을 베어 물고도 남은 생이 있다면
내가 온전하다고 말해도 되는지

각자의 세계는 몇 개의 기일을 가지고

완전한 숲은 우리를 쓸어 담아 이름을 가졌는데
맹목은 언제부터 지나칠 열정만을 두었는지

단순함이 완전함이었던 때에는
하나라고 말할 수 없는 것들이 있었다

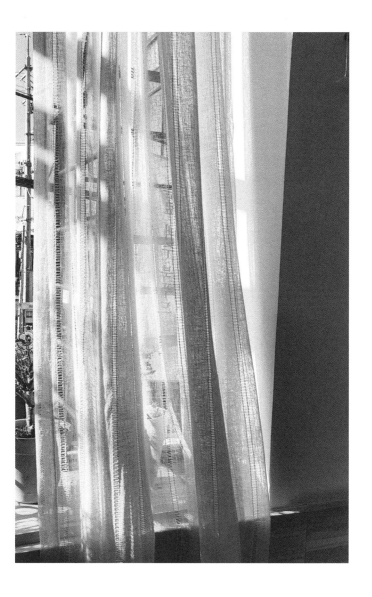

적정 온도

여기 하루의 일기가 있습니다

궁금할 것 없는 아침처럼 썼지요

볕이 없는 점심도 비슷한 이야기

무미한 밤은 더 적당하게 쓰고요

설명이 필요한 순간은 없었습니다

한여름 계절 밥상을 잘 차려 먹고

포도알을 세다가 낮잠을 잤지요

이게 전부라고 말하면 그저 하루인데

하루라고 말하면 전부가 될 것 같고요

일기라고 하면 돌아올 곳도 일기일 텐데

부칠 수 있는 일기이면 좋겠습니다

하루의 일기에 서정을 쓰고 싶은데

공교로운 이야기들이 없습니다

작별의 새

이것은 새가 나뭇가지에 걸린 이야기

뒷걸음질을 할 수 없는 존재는 멈출 용기를 얻지

사랑의 자세를 이제 이해하는 것처럼

이것은 새가 한철을 사는 이야기

한때를 가두면 시작되는 장면들만 있지

가만한 날들을 최소한의 환희라고 부르고

이것은 새가 날개를 얻는 이야기

빛이 써 주는 조용하고 과분한 말들을 담지

쓸모를 찾지 않는 영원한 배냇짓을 위해

이것은 새가 오늘을 사랑한 이야기

이 낯익은 공백을 진심이라고 부를 수 있는지

어디로 흘러가는지 모른 채 아름답고 싶었던

키가 크는 책

밤에만 열리는 그림자 극장이 있다고
아이는 동화책을 줄줄 외우며 말했다

무서운 밤에 극장이 열린다니

동그란 눈을 뜨고 작은 손은
그림자가 뜰 때까지 꿈을 미루자

누구나 두려움을 맞설 이유를 만들듯

햇볕을 쓸어 담으며 밤이 될 때까지
아이는 동화책을 오래 읽었다

아이는 어떤 밤을 골라야 할지 몰랐다

〈어른들은 나를 위한 사람을 만들어
바라는 만큼 어둠을 자르면서〉

이해되지 않는 동화책을 또 줄줄 외우고

떼어 둔 달은 키다리가 되어 붙여야지
키가 커서 사람을 안아 주고 싶으니까

아이는 밤을 고를 수 있을 때까지
아이는 밤을 기다린 이유를 숨기기로 했다

안전한 희망

바람이 잘 부는 날이라고 생각하다가
잘 부는 것은 무엇일까 생각했습니다

폭우를 걷는 연인의 뒷모습이 아름다워지면
바람을 잔뜩 껴안을 수도 있을 것 같고요

마중할 것이 없는 사람에게 바람은
젖은 책을 말리는 단순한 용도인데

젖은 손을 말려 보고 싶은 빛의 색을 보면
용기가 생기기도 합니다

어느 아침 허물어진 오믈렛 같은

봄밤에 우비를 입고 꽃을 맞는 일은
가장 안심할 수 있는 계절의 방식

모두 불안한 거리를 우비 없이 걸었습니다

일어날 수 없는 일들이 자연스러워지면
희망이라는 이름을 얻을 수 있는지

어느 밤 여유롭게 뭉개진 꿈 같은

당분간 최소한의 노력으로 우비를 벗고
우리에게로 가고 있다고 믿어 보고요

모두가 안전한 자리에 있다고 믿으면서

가깝다고 말해도 되는 것들이 많아지면
얼마나 안전할지 모르겠습니다

바람의 일이라고 말해도 될까요

사랑하지 않고 싶은 모든 것이 바람을 타고
안부 없는 차례가 되었습니다

단순한 일과

흰 종이에 두 사람을 그렸다

사진 속 가로등을 오려 내 종이에 붙이고

빛을 거스르면 서로를 외면하기 쉬웠지

가로등 아래 서면 포개지는 어깨들

어둠은 깊이를 가진 한낮의 적막 같은 것

우리에게는 무리한 노력이었지

흰 종이에 두 사람을 오려 냈다

시집 속 편지를 가로등 위에 비추어 보면

밤은 흐르다가 모이다가 떠 있었다

네 바퀴를 돌고 온 어깨가 완벽히 포개지면

한낮의 밤을 잘 살았다고 할 수 있겠지

할머니가 심어 둔 잔디가 가로등에 내리면

그림자 극장에도 생일 초가 켜진다고

흰 종이에 공백을 가득 채웠다

두 사람을 채우기 위해 오려 낸 만큼

모래 편지

낮과 밤을 잠시 바꾼 날이었다

빛의 답장을 받는 일이 오래 걸려서
어린 나는 오래 전 편지를 썼다

엄마에게 받은 악보 한 줄도 넣고
할머니가 두고 간 숲의 장면도 챙기고
여덟 번 말린 잎도 보냈다

몇 번을 돌아 오늘에 온 빛은
의자에 쏟아 두어도 보이지 않을 것 같다

악보 한 줄은 어디에서 노래가 되었나
얇은 편지에는 아무 소식이 없고

뼈가 앙상한 집에 첫눈이 내린다면
할머니가 보낸 안부일 것 같다

찻잎에는 그해 여름 소나기 맛이 나고
빛을 더 담아 주면 오랫동안 비가 내리지

편지를 쓴 나는 이제 없는데

빛은 어린 나에게 도착했다

어린 나를 담아 둔 서랍에 편지를 넣었다

바래지는 것이 노력이라고 믿으면
다음 편지에는 안부가 들어 있을까

그때까지 빛을 또 모아야지

낮과 밤을 다시 제자리로 돌려 두었다

믿음의 관계

공원에서 아이가 밤새 뛰었다
꿈보다 풍선을 찾고 싶은 마음으로

어떤 환상은 시간을 멈출 수 있었지

믿을 수 없는 이야기를 매일 외우면
서러움을 감당할 수 있을 것 같았다

우리는 관계에 대해 이야기했다

잃어버린다는 것은
무수한 짐작들을 사랑하는 일이래

순수의 역할에 대해 이야기 해볼까

빛을 전부 잃어버려도
겨울을 위한 일이 맞을지도 모르지

어제를 밀어내는 것이
사랑만으로 감당할 수 있는 일이라면

아이가 뛰어간 숲속의 아침은

환한 눈물과 새까만 행복이
교차하는 시간

흰 눈이 풍선 위로 내리고
한 움큼 떼어 주고 싶은 눈물이 떠다녔다

아무도 사라지지 않는 포옹을 심었다

한낮의 이유

무더운 여름의 낮에 있습니다

햇빛을 쬔다는 기분을 아직 알 수 없습니다

자두를 베어 물면 여름이라는데

알고 싶은 일들은 속절없는 것일지도 모르겠지요

누구나 여름을 살고 있다고

우리는 겪지 못한 빛들을 또 다시 낭비하고

뜨거웠다고 말하지 못한 것들을 생각합니다

여름마다 읽는 책처럼 놓아 주지 않는 것들

한 움큼이던 그 이유를 모르고

매실을 실은 자전거에서 여름의 결심을 듣습니다

충분히 한낮을 지내고 있는 듯이

복숭아가 담긴 봉지에 여름이 단념하듯 쏟아집니다

달을 태우기에 좋은 밤이 오면 그것을

쬐지 못한 햇빛으로 부르자고 약속하면서

어깨를 잠시 쓰다듬고 우리는 다시 걸었습니다

빛의 정형

어제는 어린 내가 넘어진 나를 깨웠다

위로의 눈빛은 나만의 배냇짓이 되어
졸다 보면 하루만 빛의 자리에 있었지

할머니를 사랑한다고 말하면서 걸으면
저 멀리 지팡이 소리가 들리고
모든 흰 머리카락이 느리게 왔다

웃어 주는 입가에는 나이가 없어서
영원처럼 포근했지

넘어진 날은 한참 누워 꿈을 꿨다

할머니, 한 번만 다시 안고 싶어요
흰 머리카락에 열매를 몇 개 꽂아 줄게요

가질 수 없는 순간들을 모으면
이것을 빛의 정형이라고

회고의 언어는 나만의 배냇짓이 되어
나는 늙도록 하루만 빛의 자리에 있었지

—

어쩌다 얻게 된 날이었다

순수한 모순

끝나지 않는 장마를 볕이라고
우리는 우리를 믿으며 자라났다

한계절 잡은 손에는 용기가 있어

투명한 줄기로 우리를 엮으면
파도가 뒤덮인 언덕에도 오를 수 있었지

줄기를 뻗어 서로를 달아나는 줄 모르고

손은 놓치면 그만

투명한 슬픔은 언제나 숨기기 쉬웠지

헤어진 언덕에 각자가 서 있었다

가장 믿음직한 눈으로
우리는 무엇을 말했을까

어린아이였던 적이 누구에게나 있는데

어른이라는 것은
왜 투명한 흉터가 되는지

귓속말이 모두를 위한 고백이 되지

아무도 서로를 안아 주지 않는 계절

사람의 숲에서 빠져나왔다

우리는 이제
가장 순수한 모순을 이야기하기로 했지

크레파스 하늘색은 하늘의 색이 아닌 것에 대해

눈부심이라고 믿은 포옹에 대해

4부

둥그런 손짓들을 녹여
안녕이라고

밑줄 긋는 밤

모닥불 앞에 앉아 시간을 하나씩 주워 태웁니다

보낼 수 없는 편지는 동경이라 부릅니까

우리는 그때를 잊어버리겠다고 말했습니다

오늘 밤은 밑줄을 모아 읽기로 했지요

기억을 모두 안고 싶다고

닿을 수 없는 편지를 쓰면
오랜 동경도 예쁘게 기록될 것 같아서

모닥불에서 편지의 첫줄이 타고 있는 동안
밑줄에서 첫줄을 다시 찾았습니다

밑줄을 모아 잊어버릴 편지를 쓰고
편지를 모아 잃어버리지 않을 시를 쓰고

잊어버린 첫줄은 다시 태어납니다

모닥불은 듣기 좋은 소멸의 노래쯤입니까

우리는 그때를 잃어버렸다고 말했습니다

동경하는 존재가 할 수 있는 것은
밑줄을 긋는 일뿐

잊을 수 없는 편지는 밑줄로 그어집니다

잊어버리려고 썼다가
잃어버리지 않는 밤입니다

확신하는 슬픔

굳은 볕이 폭우가 되어 내린 날이었다

오늘도 돌아나지 않는 것을 믿으며
확신을 확인하고 싶었던 사람들이 모여 울었다

각자의 울음은 커질 수가 없어서
울음에게는 깊어지는 것이 아름다운 사실

사람들은 슬픔을 보탤수록 그 대가를 확신하며
울어 본 사람만이 진심에 단순하다고 믿었다

언제나 믿음 사이로
믿어지지 않는 위태로운 이야기가 있었다

돌아나지 않는 것이 돌아날 수 없는 밤을 지나
울음이 커진 사람들이 걸어 나갔다

진심은 단순해서는 안되지

슬픔에 틈을 두었다

너의 뒤에는 확신을
확인할 수 없는 세계가 있지

단순한 슬픔으로 아침을 샌 사람이 울음을
떼어 냈다

굳어진 슬픔을 나누어 주듯이
폭우가 멈추고 굳은 볕이 내렸다

깊이가 진심이 아니란 것을 아는 세계에서 마음껏
울었다

후우 예찬

흰 눈이 쌓인 골목에 서 있었다

한낮에도 가로등이 필요했던 어둠의 햇살들
사이로 굳은 외로움 하나가 있었지

간직되기 전에 이미 우리의 것이 아닌

더 얼지 않고 싶은 안부가 있어

한숨을 후우, 내쉬어 구름을 만들어 줄까

빗속에 한 줌의 눈보라를 쏟아 버린 손들
사이로 얼어 버린 슬픔이 있었지

위로되기 전에 이미 누구의 것도 아닌

유리창을 닦아 내면 멀리 볼 수 있을까

구름을 만들어 띄워 둔 고백들이 돌아오면
노력으로도 볼 수 없는 것이 있지

한숨을 후우, 눈보라에 다시 넣고 덮었지

—

만질 수 없으니 잘 묻어 두는 밤

아픔을 볼 수 없는 사람에게는
아픔을 바라보는 눈빛을 볼 수 있지

아픔을 읽으며 우리는 안전하고 싶었다

그해 바나나

바나나가 아니라 바나나 맛이란다

바나나 맛은 할머니에게 배웠다

바나나 맛 우유를 들이켠 작은 힘으로
할머니는 매일 풍선을 불어 주었다

남은 시간에는 영영 힘이 존재하는 듯이

할아버지를 잊었냐고 물었을 때 할머니는
못 잊은 게 없다고 사진 한 장을 보여 주었다

못 잊는 게 아니라 생각이 안 나지
간직되는 법은 할머니에게서 배웠다

생각하는 것도 기억되지 않을 수 있었고

우리의 바나나가 잘 익은 계절에
할머니는 바나나 맛 우유를 못 삼켰다

할머니 얼굴에 조금씩 바람이 빠지면
풍선을 불어 주던 할머니를 기억하라는 듯이

바나나 맛 우유는 언제나 잘 익은 맛이 난다고
마지막, 영영 힘은 할머니에게서 배웠다

할아버지는 바나나를 한입 베어 물고
사진 속에서 웃고 있었다

할머니는 영영 그해를 살았단다

어떤 날은 잘 간수해야 했다

여름 끝의 겨울

우리가 사는 곳은
여름과 겨울만 반복되었다

살아 본 적 없는 날이 있는 것처럼

우리가 사는 이곳은
보는 만큼만 믿으니까

슬픈 사람이 열심히 울고
소나기를 얼굴로 맞았다고 했다

울어 본 적 없는 게 되었다

눈이 쌓인 길을 마음껏 걷고
그 위에 흰 눈을 다시 포개었다

이제 아무도 걷지 않은 길이 되었다

우리는 다시 산책을 했다

애초의 사랑

물을 쏟은 아이가 엄마에게 혼이 났다
찡그린 엄마 앞에서 아이는 울었다

나도 사랑해 주세요
아이는 남은 물을 마시면서 말했다

사랑을 배우기 전에 아이는
이미 사랑을 외워 버렸을 수도 있다

다 큰 언니는 여유롭게 빵을 먹었다

저도 잘 먹을게요
아이는 퍽퍽한 빵을 먹으며 말했다

사랑을 이유로 해야 할 일이 많았다
사랑을 이해할 수 없으니까

아이는 빵을 먹는 엄마를 바라보았다
나는 다시 사랑을 보여 주고 싶은데

각각의 사랑은 언제나 사랑이라고 말했다
사랑을 알게 될 때까지

아빠가 뜨거운 차를 후우 불며 마셨다
아이도 따라 차가운 물을 호오 불었다

사랑해요, 아이가 말했다

사랑이 아닌 모든 것들은 사랑이었다
사랑을 알기 전까지

125

숲을 베다

무성해지는 것들 앞에 있었다

달아날 수 있는 만큼 멀어지는 것이
어른이라고 믿었는데

가난한 시간으로 뛸수록
숲에 가까워졌다

이해되지 못한 오해의 밤들이 자라는
겨울밤에 모아 둔 한낮 볕들이 모이는

애쓴 적 없이도 자란 숲

나이는 바다에 흘려보낸다는 할머니의 안부를
바다에 숲을 심어 어린아이에게 건넸다

무엇을 다한다고 할 수 있었을까

먼 사람에게서 온 여름 볕을 겨울로 옮겼다

구부러진 허리로 가장 환하게 웃을 수 있는 날에
무성해지는 것들을 껴안을 수 있다고

다한다는 뜻을 찾고 싶어서
숲에서 나무를 하나씩 베어 냈다

무성해지는 것들이 피어날 자리를 위해

귤 맛 사탕

시를 쓰지 못한 날에는 놀이터에 갔다

사탕 한 줌을 주머니에 넣으면
아이는 내가 가장 좋다고 했다

사랑을 시작한다고 하면 이렇게 쉬울까

연습한 대로 활짝 웃기 연습한 대로 친절하기
미끄럼틀 안은 연습하기 좋았다

시소를 타는 아이는 정확한 박자로 웃고
나는 적당한 박자로 웃어 주었다

마음이 마주 본다면
언제까지 공평할 수 있을까

사랑한다고 말하면 아이는 고개를 끄덕였다

나는 그때마다 주머니에 든 사탕들을 만졌고

천천히 주기 놀아 주기
아이는 땀이 나도록 나를 따라다녔다

철봉에 매달리다가 주머니에 든 사탕이 전부
쏟아졌다

아이는 귤 맛 사탕이 없다고 울었다

사랑을 따라가려면
숨겨 둔 사정을 알아야 했다

할머니가 주머니에서 쪽지를 꺼내 읽어 주었다
똥강아지야, 시금치 무 두부를 사야 해

내 주머니에는 아직 사탕이 가득한데
아이는 더 깊은 사랑을 찾아 떠났다

오늘은 시를 쓸 수 있을까

나는 밤새 귤 맛 사탕을 먹었다

용기의 쓸모

너를 믿어, 언덕을 오르며
내 걸음은 숱한 믿음을 믿고 자랐다

녹슨 수도꼭지로 손을 씻은 아침에 겁이 났다
그 믿음을 숨겨야겠구나

모든 불빛 꺼져도 집을 찾아가는 할머니가 사는
산 속 마을에 믿음 하나를 심어 두었다

언덕을 잘 오르려면
믿음을 믿는 용기가 필요하지

열심히 언덕을 오르며 믿음을 확인했다
믿음은 어느 날을 비껴가기도 하니까

하늘에서도 마당에 풀을 심는 아이가 사는
정상과 가장 먼 집에 도착했다

너를 믿었지, 빈 집에 소식이 와 있었다

내 언덕은 숱한 믿음으로 빼곡한데 아직은
산속 마을에 심어 둔 믿음을 찾으러 갔다

서둘렀지, 지나간 믿음이라고 하면
셀 수 있는 작은 믿음이 될까 봐

화분을 들고 뛰어내려 오는 내가 있었다
나는 나를 믿어, 셀 수 있는 믿음으로

끝을 모르고 믿은 사람들에게
순수하다는 말이 이유가 될 수 있을까

녹슨 수도꼭지로 발을 씻고 잠이 들었다

이제 믿음을 보살피지 않아도 되겠지
처음부터 끝까지 나만의 믿음이었으니까

믿음을 찾는 일은 위태롭고 순수해

순수한 일에는 언젠가 설명이 필요했다

스핀오프

숲을 뛰어다니고 돌아오면
발바닥에 한참 풀 냄새가 났다

빼곡한 것들은 짓물리기 좋지

깊어지는 자리라고 말하면
밀도를 사랑할 수 있을까

둥그런 손짓들을 모아 안녕이라고
그럼 최선인 작별이 되는지

우리 이야기는 틈에 두기로 한다

안전하지 않은 거리에서 가깝도록

숲에서 부르던 노래를 씻어 냈다

아직 짓무르지 않았다고 말하면
틈을 사랑할 수 있는지

꽃다발을 풀어 짓무른 고백들을
하나씩 떼어 내기로 한다

—

우리는 아름다움을 흩어 두려고

평면의 세계

내리는 것들은 입체였다가 평면이 된다

눈이 와, 전하면서 지워지는 말

끝나기도 전에 이미 끝나고 있었을 이야기들이
행인이 지나가는 속도로 지나갔다

사랑해, 하고 흩어지는 수많은 입김들이
쓸 수 없는 날들처럼 간직되고

쓰지 않음으로 모아 둔 평면의 세계

그 위에 누워 두 사람은 나란한 선이 된다

잊기 위해, 기억하는 시

우리가 하나가 될 수도 있다는 기대로
시를 쓴다면.

섣불리 누군가를 위로할 수 있다고 생각했다.
가까운 사이에서 나누는 눈빛은 아픔을 관통할 수
있다고 믿었으니까. 우리가 완벽한 종이인형이 될
수 있을 것처럼. 어린 시절 나는 종이인형을 쌓아
두는 걸 좋아했다. 그때는 이유를 설명하기
어려웠는데 어른이 되어 해석해 본다. 그때는 그
이유가 아니었을지라도 지금은 이 이유가
맞을 것 같다. 흰 종이에 두 사람을 그리고 오려
나란히 눕히고 둘을 겹치면 모든 마음마저 포개질
거라 믿은 마음, 둘이 껴안아 하나가 되면 그것이
위로라는 믿음. 마치 여름밤 가로등 아래 하나가
되었던 우리 그림자처럼.

우리는 시간이 날 때마다 바다를 걸었다. 밤바다는
한낮을 다 지내고 나서야 들려주는 음성이 있어서
좋았다. 며칠 섬에서 묵는 동안 밤에는 가로등
하나에 의지했다. 걷다 보면 백사장에 우리 그림자
두 개가 나란히 보였는데 손을 잡았다 떼었다가
다시 또 포개는 그림자가 좋았다. 영원한 하나를

꿈꾸며 바다만 보던 밤도 있었다. 나란히 볼 수 있는 법이 그림자란 걸 처음 알게 된 그 밤들.

우리는 하나가 되지 못할 것 같은 불안한 마음을 안고 사랑을 한다. 영원이 없다는 것쯤은 이제 안다. 당신의 눈빛이 사랑을 말하지 않더라도 그림자는 우리라는 형체로 산다. 숨기기 좋았고 외면하기 좋았던 둘의 모습처럼. 영원히 서로를 이해할 수 없다면 우리는 어쩌면 각자의 그림자와 걷고 있는 것인지도 모를 일.

아무에게도 최후일 수 없기를.

성인이 되어서도 간혹 그림자 극장이란 동화를 읽는다. 7살 때쯤 읽었는데 무서워 했던 기억이 선명하다. 그런데 지금까지 찾아 읽는 것을 보면 그 무서움이 여느 무서움과는 달랐던 것도 같다. 그림자 극장은 필름을 덧대어 가며 이야기를 만드는 형식인데 그 덕분에 등장인물, 장소, 소품 들을 자유롭게 겹치다 보면 애초의 형체를 잃어 갔다. 뭉그러진다는 느낌이 아니라 그 뒤엉킴이 아름다웠다. 시를 쓰다 밤에 누우면 그림자 극장의 모습이 시를 닮았다는 생각을 자주 한다. 〈최후〉는 결국 사라져 나만 알 수 있는 장면이 되는 시가 그림자 극장을 닮았다. 가장 처음을 감추고 싶어서,

감출 수 있을 때까지 덧대어 가며 쓰게 되는 것이
내게는 시.

시를 쓰는 일은 드러내고 싶지 않은 것을 드러내는
일이기도 하여 부끄럽고 숨고 싶은 밤이 온다. 그럴
때면 어릴 적 좋아한 그림자 극장을 생각한다. 웃는
사람, 찡그린 사람, 우는 사람, 놀란 사람을 모두
끌어모으면 최후는 표정이 묻히는 등장인물들. 그
모습에 어쩐지 산란했던 마음이 놓인다. 끝내
아무도 나의 표정을 모르게 된다는 것이 가장
불안전한 안심이 된다. 결국 우리는 서로의 표정을
읽을 수 없을지 모른다. 마음이 놓인다. 어떤 감정은
아무도 모를 것 같은 안도감으로.

절대 잊을 수 없음을 아는 자리에서.

잘 기억되는 것이 무엇인지 고민한 밤들이 있었다.
그런 밤은 주로 잊지 못해 기억하기로 한 것들을
떠올렸다. 주로 내게 잊지 못한다는 것은 절실하여
기억한다는 것이 아니라 도무지 잊히지 않는 것이
조금 두렵게 기억된다는 쪽이었다. 그래서
기억〈하〉는 것이 아니라 기억〈되〉는 것들. 사라진
줄 알고 올려다 본 하늘에 선명히 남은 낮달
같았다. 이 흐린 낮달로 내가 누군가를 이해한다고
말해도 될까.

잊었다고 생각했던 것들은, 늘 더 기억하기 위해 시가 되고 있었다. 늘 다른 계절에서 다른 언어를 빌려 시를 씀에도 몇 개의 단어는 각각의 얼굴로 다시 태어나 또 내게 와 있다. 떠난 것을 오래 기억하는 방법에 대해 꽤 자주 고민한다. 머물다 간 존재들은 저마다의 자리를 만드는데 가끔 그 자리가 사라지지 않고 주기적으로 자리를 틀기도 한다. 그렇게 써야겠다. 체온을 걷어 내고 형체를 걷어 내 볕에 말려 두는 시간들을 지나 보면 어쩌면 가장 애초의 우리는 영원할지도 모른다는 믿음으로.

설명할 수 없는 것들과 이해할 수 없는 것들 사이를 우리는 얼마나 많이 오고 갈까. 우리는 어떤 이야기에서도 완벽히 그가 될 수 없다. 그것을 인정하는 것은 조금 쓸쓸하지만 타인을 완벽히 이해할 수 없는 이유라고 생각하면 조금 위로가 된다. 시를 쓰는 일은 이해할 수 없기에 모르는 이야기들을 짐작하는 일인지 모르겠다. 〈타인의 고통에 슬픔에 눈물에 민감한 사람이 되어야지〉, 〈세상의 이야기를 눌러 담아 시를 써야지〉 섣불리 다짐했던 나를 지우기로 한다. 그건 애초에 불가능한 일일지도 모르니까. 그 대신 조금 멀찍이 이해하며 오래 쓰고 싶다.

내가 누구의 아픔도 위로하지 않기를, 누구의

상처도 짐작하지 말기를, 그리하여 시를 쓰면서
누구의 이야기들을 알아 가길 소망한다. 짐작할 수
없는 것을 내가 조심스럽게 짐작했을 때, 그것이
누군가에게 작은 힘이 되길 바라는 마음이면 그
정도면 되겠다. 그게 시겠다. 우리들의 이야기에
기대어, 오래 머무르고 싶다.

2025년 2월,
이제야

인터뷰 　　　〈결〉을 지키는 마음

공백의 환영이 아닌, 어느덧
선명히 살아 있음으로 선언되는,
담담한 현장 기록물

글 / 김포그니

나는 나의 모든 몸짓으로 세계에 연결돼 있으며, 모든
나의 연민과 나의 감사로서 인간에게 연결돼 있다.
세계의 이 표면(表面)과 이면(裏面) 사이에서 어느 것을
선택하고 싶지 않다. 선택한다는 것을 좋아하지 않는다.
— 알베르 카뮈의 수필집 『안과 겉』에 실린 에세이
「긍정과 부정의 사이」

이제야 시인은 〈최근 카뮈가 했던 이 말이 부쩍
떠오른다〉고 했다. 지난 1월 6일 서울 서교동의 한
사무실에서 진행된 인터뷰에서 나온 말이다.
카뮈는 1957년 12월 10일 노벨상 만찬회에서도 비슷한
고백을 털어 놓은 바 있다. 「예술가가 가장 겸허하고
가장 보편적인 진실에 복종해야 한다. (중략) 자신이
타인과 다르다는 이유로 예술가의 운명을 선택한 자는
만약 그가 타인과 다를 바 없단 것을 받아들이지
않는다면 자신의 예술도, 자신의 차별됨도, 지킬 수
없다는 것을 곧 깨닫게 된다.」
진정한 예술가란 그 어떤 것도 경멸하지 않으며, 심판을
내리기 보다는 이해할 의무가 있다는 뜻이다. 겸손한
눈동자를 가진 이 시인도 그와 사뭇 비슷한 모습이었다.

고독을 의도적으로 강요받지 아니한 채 그저 모든 것을
오직 사랑의 신호로만 받아들이기까지의 담담한 고백이
인터뷰 내내 투명하게 번져 나갔기에.

겸손한 기록자

Q. 시인이 되는 과정에서 가장 기억나는 장면

A. 2012년 무렵이었어요. 시인으로 등단하기 직전
당도했던 바다가 기억나요. 사감 없이 나홀로 바다를
목도한 건 사실상 처음이었어요. 정말이지
새로웠습니다. 제가 알던 것과는 전혀 다른 소리, 공기,
움직임을 보였거든요. 그때 깨달았어요. 〈내가 알던
단어와 본질이 실상은 제대로 느꼈던 게 아니었겠구나.
그냥 내가 듣고 읽었던 것뿐이구나.〉 그리고
결심했습니다. 〈내가 알던 단어를 다 잊자, 내 필터를
거치지 않고, 있는 그대로 전달하자. 독자의 눈으로 본
시를 적자〉고.

Q. 시인으로서 자신을 설명하고 싶은 문장

A. 두 번째 시집 『진심의 바깥』에 쓴 「시인의 말」의
일부로 대신하고 싶어요. 〈우리에게 당분간 진심이
되기를.〉 시를 쓰게 하는 순간이 있다면 그때만큼은
어떤 감정이든 진심이고 싶어요. 미워하는 것, 밀어내는
것, 울부짖는 것 등 부정적인 모든 것에도 당분간은
진심이길 바라면서요. 영원일 수 없다면 당분간이라도.

Q. 나의 문체(시어)에 대해

A. 음, 독자들이 해주신 말씀 중 가장 감격스러웠던
평은 이제야만이 쓸 수 있는 문장이라는 거였어요.
어찌나 감사하고 기뻤는지. 시어는 사실 특별한 게

아니에요. 의미를 부여하는 순간 특별해지는 거니까요. 때문에 누구나 한번쯤 안고 살았을, 울고 웃고 해봤을, 익숙한 일상어를 많이 쓰려 해요. 해석은 각각 다르겠지만. 화려하거나 잘 정돈되지 않아도 일상어가 시어가 되는 것 자체가 시의 쓸모 아닐까요? 시어 자체에서 난해함을 주고 싶지 않은 이유랍니다.

시의 바깥에서 그를 들여다보다

미국의 개념 예술가 댄 그레이엄은 예술가를 이해하는 방법으로 그들이 어떤 음악을 듣는지 물어보면 된다고 했다. 그렇다면 이 시인에게 음악은 어떤 의미일까. 그 누구에게도 말하지 못하고 말하기 싫었던 이야기를 운명처럼 곡에서 만날 때가 있다고 그는 말한다. 〈어떤 곡은 가장 깊은 슬픔 속에서 우리의 슬픔을 읊어 준다〉고 말이다.

Q. 요즘 어떤 음악을 들으세요

A. 「20대부터 지겹도록 장필순 님, 이소라 님의 노래를 들었어요. 이 두 뮤지션은 제게 과거인 적이 없어요. 늘 오늘의 노래처럼 시제가 없답니다.」 그가 가장 아끼는 곡은 이소라의 「track9」.
〈한 인간이 태어나 이름을 갖고 당연한 불행을 만나며 자신을 질책하기까지, 외로움과 처절함을 담은 곡〉이라고 한다. 〈존재가 가진 날 것의 의미를 표현했는데, 제가 시를 쓰는 이유와도 닮았다〉고 그는 덧붙였다. 결국 그에게 시는 존재의 의미, 행위의 이유를 쓰는 일이라는 얘기다.
이런 그의 마음과 닮은 곡은 또 있다. 바로 장필순

「슬픔이 너의 가슴에」.

슬픔이 너의 가슴에
갑자기 찾아와 견디기 어려울 때
잠시 이 노래를 가만히 불러 보렴
슬픔이 노래와 함께
조용히 지나가도록
내가 슬픔에 지쳐 있었을 때
그렇게 했던 것처럼

외로움이 너의 가슴에
물처럼 밀려와 견디기 어려울 때
잠시 이 노래를 가만히 불러 보렴
외로움이 너와 함께
다정한 친구 되도록
내가 외로워 잠 못 이룰 때
그렇게 했던 것처럼
내가 슬픔에 지쳐 있었을 때
그렇게 했던 것처럼

「이 가사처럼 슬픔과 외로움이 문득 찾아와 견디기
어려울 때, 시가 작은 위로이길 바라는 마음입니다.
저마다의 슬픔은 다른 이야기이지만 위로는 하나의
이야기일 수 있으니까요.」

위로
「며칠 전 일본 후쿠오카 하카타 역에서 전철을

기다리는데 한 외국인이 자신의 친구에게 〈아는 사람 없으니 마음이 편해〉라고 하는 거예요. 맑고 외로움이 깃든 그 말의 속사정이 궁금해서 자주 생각났어요. 왜 혼자여야 했을까, 여럿의 마음 사이에 왜 외로웠을까 등 많은 생각이 들었죠.」 그러면서 과거, 보이지 않은 담에 막혀 가닿지 못했던 위로를 그는 떠올렸다.

「가까운 이를 위로할 수 있을 거라는 믿음이 무너졌을 때가 있었어요. 한 소중한 친구가 제게 말하길 〈미안한데 넌 나를 알 수가 없어. 넌 나를 몰라〉라고 했지요.」 그때 그는 깊은 고민에 빠졌다. 〈나의 인간으로서의 역할이 뭘까〉에 대한 여러가지 생각이 들었던 것. 마침 그 무렵 공교롭게도 시인의 길을 걷게 된다. 「아마도 그때부터였을 거예요. 시상을 구체화하는 과정에서 대상을 객체로 바라보지 않고, 좀 더 각별한 애정을 갖고 바라보게 된 것은.」 이는 곧 〈있는 그대로의 존재〉로서만 대하겠다는 순수한 태도로 이어졌다.

어쩌면 시라는 자기만의 세계에서만큼은 대상을 제 입맛대로 영리하게 편입시켜도 무방했을 텐데, 그는 줄곧 겸손한 관찰자의 자세를 견지해 왔다. 이를 위해 이 시인은 단어를 고르고 또 골랐다고 한다. 보편성에 가닿기 위해. 조금이라도 오만하지 않기 위해. 마음의 간극을 예의 바르게 오고 가는 길목에서 그가 선취한 단어는 무엇일까.

Q. 가장 좋아하는 단어

A. 곁. 너무 무겁지도 가볍지도 않게 있을 수 있는 거리 같아요. 그래서 좋아해요.

Q. 싫어하는 단어
A. 진부함. 너무 개인적인 기준에서 평해지는
말이니까요. 타인이 오래 지켜 온 것을 그 누구도
그렇게 쉽게 〈진부하다〉 말할 수 없다고 생각해요.

감정

Q. 사랑이란
A. 우도에 혼자 여행 갔을 때 일이에요. 한 식당을
운영하고 계시던 노부부가 기억나요. 속옷 없이 느슨한
평상복을 입고 계시던 할머니의 가슴을 할아버지가
앞치마를 훌러덩 벗어 가려 주던 장면이 아직도 선해요.
저 나이에도 지켜 주고 싶은, 투박하지만 분명한 사랑의
신호 같았거든요. 그 순간 마치 교차 편집처럼 제
할머니가 떠올랐죠. 남몰래 제 손에 캐러멜을 소중히
쥐어 주시던 모습이요. 슬프게도 말년에 기억을 일부
잃으셔서 생소한 표정으로 저를 쳐다보셨을 때가
잦았지만, 다행히 〈캐러멜〉이라는 사랑의 낭만이
있었기에 버틸 수 있었습니다. 우도에서 목도했던
노부부의 〈앞치마〉처럼요.

Q. 낭만이란
A. 낭만은 시의 역할이기도 해요. 현실을 잊게 해주는,
잠시간의 상상으로 누군가에게 닿을 수 있는
여정이면서 탈출을 도와주는 안내서이기도 하지요.

Q. 부정이라 일컬어지는 감정에 대해서: 무기력이란
A. 말씀처럼 그런 단어들은 발음하면서도 힘들어지죠.
그런데 어느 순간부터 그 감정에 집중해 보게 됩니다.
진부한 말 같지만 풍족하고 행복하고 포근하면 시가

되지 않아요. 이런 감정은 아주 선명한 단어로 타인에게 전하기 쉽잖아요. 좋으니까. 그러니 시가 될 필요가 없죠. 그런데 슬픔이나 고통은 누구에게 말하기 어려워요. 오롯이 전달될 수도 없고요. 그런데 또 지겹게 우리에게 붙어 있잖아요. 이런 아이들은 공허함, 외로움, 무기력, 우울, 정체 같은 감정으로 집중해 바라봐 줘야 해요. 〈그래, 이 정도면 됐다〉 싶어야 떠나거든요. 부정적 감정을 잘 보내 주기 위한 집중의 시간인 셈이죠. 저 역시 여전히 쉽지는 않지만 적어도 이 감정을 밀어내지는 않게 됐어요.

Q. 무기력 등은 극복의 대상일까요

A. 극복의 대상이라기보다 음악의 장르 같다고 생각해요. 극복이 됐다고 생각하면 다시 불현듯 찾아오는 무기력에 너무 배신감을 느끼잖아요? 무기력은 언제든 찾아와요. 그저 무기력의 강도와 장단이 삶을 쥐락펴락해 악보를 만들어 가는 것 아닐까 싶습니다.

시간

Q. 지나간 과거는 묻어 둬야 할까요

A. 저에게 시는 대부분 지나간 것의 이야기입니다. 지나간 이야기라는 뜻은 과거에서 시작했으나 오랜 시간 잊히지 않는, 잊어서는 안될 생각들. 그리하여 기억하려 한 게 아니라 기억되는 것이에요. 때문에 과거의 생각은 이미 지나간 것이라기보다 지나갈 수 없는 것 같아요.

Q. 과거에 사로잡히면 힘들지 않을까요

A. 잊지 않음에 대해 괴로워하거나 자책하지 않으려
해요. 등단하고 신인이었을 때는 어떤 순간을 오래
기억하는 것을 원망했습니다. 흐릿해지려 노력해도
소용없고, 그저 붙잡고 사는 것 같아 힘들었거든요.
어떤 순간을 잘 보내 주지 못해서 이토록 힘든 건가
자책도 했고요. 그런데 시간이 지나도 잊히지 않는 건
그대로더군요. 어쩌면 그 지겨운 기억이 나의 시상인가
싶고요. 더 잘 잊었으면 좋겠지만 이제는 잊지 않음을
잘 받아들이자 생각해요. 그래서 반대로 더 끈질기게
잊지 않습니다. 붙잡고 늘어지니 시상이 되고
단단해지는 것 같아요.

Q. 만약 시인이 아니었다면

A. 글쎄요. 사람을 만나 인터뷰를 하거나 서점을
운영했을 것도 같아요. 사람을 만나기를
좋아한다기보다는 이야기를 듣고 묻고 곱씹는 걸
좋아하고 잘한다고 생각해서인 것 같아요. 인터뷰는 그
사람의 이야기를 들을 수 있겠고 서점 사장이라면 그
사람에게 필요한 소설, 시의 한 장면을 추천할 수 있을
테니까요. 그런데 아마 그 일을 해도 시를 썼을 것
같지만요. (웃음)

또 다른 세계

지성은 쪼개지지 않는다는 말이 있다. 결국 모든 지성과
감수성은 경계 없이 이어져 있다는 설명이다. 그런
의미에서 이 시인이 주목하는 또 다른 장르는
무엇일까? 이에 그는 〈사진을 좋아합니다〉라고 고민
없이 말한다.

「그래서 이번 시집에 사진을 함께 넣고 싶다는 생각을
했어요. 사진은 한 순간이 박제되고 정지돼 있다는 점이
시를 닮았어요. 시가 되는 장면도 시제 없이 그 순간
멈춰선 순간들이거든요. 이렇듯 어떤 문장으로
기록되지 않는 순간은 사진을 찍어 둡니다. 다시
들여다보고 기억해서 시를 쓰기도 해요. 그래서 사진은
제게 시의 장면이 되는 중요한 기록이랍니다.」

다시, 시

Q. 스스로에게 하고픈 지적

A. 스스로에게 하고 싶은 지적은 〈정통에 대한
고집〉이라고 할 수 있겠네요. 시의 형식과 표현이
자유로워지면서 젊은 시인들의 시는 신선함을 줘요.
우리가 그간 읽어 온 시와 전혀 다른 시가 등장했죠. 저
역시 등단 직후 신인 때는 조금 더 특별한 게 없을까
고민했는데 그것도 길게 가진 않았어요. 가장 나다운
시를 쓰는 게 맞으니까. 그래서 10년 넘게 고집했던 게
정통이에요.

Q. 정통이란

A. 정통이라고 하면 형식, 주제를 생각하기 쉬운데, 제가
고집하는 정통은 바로 이야기입니다. 우리가 한 번쯤
혹은 너무나 자주 겪었을, 그 보편적 이야기를
정통이라고 생각해요. 수천 년이 지나도 이어져 오는
인간의 감정이 있으니까요. 그런 정통을 고집합니다.
그런데 이것이 왜 지적할 점인지 궁금하실 것 같아요.
파격적인 이야기를 내세우는 등 서로가 더 신선한 시를
쓰려는 시류에 반하는 일이라서요. 때문에 스스로

지적할 지점이면서 동시에 다짐하는 지점입니다.

Q. 자신의 작품 세계에서 가장 중요하다 여기는 것

A. 빌리 콜린스가 이런 말을 했어요. 「우리에게 말을 거는 시와 문학적 실험을 하는 시가 있다.」요즘 시가 너무 어렵다는 질문을 매번 받다 보니, 어느새 〈젊은 시인의 역할〉로 다가오기도 합니다. 시가 어려워진다는 것은, 시라는 장르가 가질 수 있는 최대한의 포옹일지도 모릅니다. 시를 쓰는 사람은 매일 자신의 세계를 그 안에서 최대한의 허용으로 펼치느라 고군분투하지요. 그 최대한의 포옹이 독자에게는 점점 커가는 간극이라 느껴질지도 모르겠습니다. 저 역시 지금까지 그 포옹 안에 독자를 끌어오고자 고민했던 것 같습니다. 시라는 장르에서 내가 누릴 수 있는 문장들이 10개라면 그중 몇 개를 포기하고 독자가 읽고 느낄 만한 빈자리를 두는 시. 그러니까 제 시에 독자의 자리를 두는 게 가장 중요해요. 독자 누구나 공감할 이야기의 정통성, 독자 누구나 회상할 장면의 공통성요. 아직도 고민 중이고 참 어려운 일인데요. 결국 그것이 제 시집에 독자를 들이는 일이라 믿습니다.

가장 보편적인 내면으로 안내하는 시는 그렇게 시작됐다. 어떤 장면을 기어코 발견해 내야만 하겠다는 목적으로의 절박한 포착이 아닌, 인간애를 갖고 내면의 첩경을 자욱이 따라가던 그는 어느덧 겸손한 관찰자로서 재탄생하기에 이른다.
그리하여 그만의 눈빛을 통해 겹겹이 집적된 일상의 신호는 한 글자, 한 글자, 생생한 콜라주로

아로새겨졌다. 당신의 과거가 나의 현재로, 나의 현재가
당신의 미래로, 그렇게 우리의 보편성이 맞물려 가는
순간을 목도하며 〈그러려고 했던 것이 아니라 이미
그럴 수밖에 없었던〉 지극히 자연스러운 일화로 거듭난
셈이다.

〈그때 내가 왜 그랬을까요〉, 〈그렇게 해버려서
미안해요〉라는 식의 변명이 아닌, 〈그렇게 할 수밖에
없었어요. 그게 자연스럽거든요〉라고 응수하는 듯한
그만의 진심 어린 고백이 이를 방증하고 있다.

Q. 시를 쓰는 의미

A. 〈내가 잊기 위해 쓰는 모순이 우리에게 당분간
진심이 되기를.〉 이 문장이 시를 쓰는 이유가 되거든요.
잊기 위해서 쓴다는 말, 잊어야 하거나 잊고 싶은 것이
있다는 거겠죠. 그래서 잊기 위해 쓰는 행위를 택한
것이고요. 잊고 싶은데 오히려 그것을 쓴다니, 잊고
싶은 것을 가장 몰입한다는 것이니 모순이겠지요. 결국
시를 쓰는 것은 영원히 잊을 수 없다는 걸 인정하는
일이 아닐까 싶습니다.

Q. 사람들이 시를 어떤 방식으로 취하면 좋을까요

A. 누구에게나 있을 이야기, 흔해서 쓸모 있는 이야기로
취했으면 해요. 시, 문학이라는 이름 안에서 난해하다고
느낄 수 있겠지만 그 시작은 우리 도처의 이야기라고
생각하면 조금 더 접근이 편할 것 같아요. 시어를
만나고 제목을 얻어 시라는 한 편이 되지만 결국 우리의
이야기거든요. 이것은 시를 조금 더 가까이 둘 이유가
되기도 하는데요. 제가 하고 싶은 말은 우리 도처의
이야기, 그러니까 우리의 삶이 모두 시라는 겁니다.

고단하고 외로운 삶을 시라고 생각하면 조금 쓸모
있잖아요. 당분간이라도.

이제야

Q. 프랑스 화가 이브 클랭에게는 〈인터내셔널 클라인
블루〉가 있듯이, 시인님을 연상시킬 수 있는 사물,
객체(오브제)가 있다면

A. 말린 꽃. 주요 시상이기도 하고 많은 걸 배우고 느낀
대상이기도 합니다. 죽은 듯하면서도 다시 물을 만나면
몇 초 잠시 숨이 생기는 것 같은 신비로운 대상이에요.
감정처럼, 삶처럼요. 첫 번째 시집에 말린 꽃 시들도 몇
편 있어요. 제 시집을 몇 번씩 다시 읽으신 독자님들은
아시더라고요. 메일로 팬레터를 주시는데 꽃 이야기를
하셔서 놀랐답니다.

Q. 짧은 미래에 내가 있고 싶은 곳

A. 노을 지고 있는 바다. 첫 시집을 내기 직전, 직후에도
바다 앞에 앉았어요. 바다는 제게 글 쓰는 시간에서
의식 같은 공간이에요. 반드시 노을이 지고 있어야
합니다. 노을 지는 바다를 보면 늘 방금 물든 것 같아요.
너무 생생한 물감 몇 색이 절대 섞이지 않고 수평선을
강렬히 유지하다가 금세 섞이고 바로 사라지잖아요.
시를 쓰기 직전, 직후와 너무 똑같거든요. 이번 시집이
곧 출간될 테니 짧은 미래에 노을 지는 바다 앞에 있고
싶습니다.

Q. 당신과 닮은 카뮈의 말로 마지막 질문을 조금
변형해 대신 할게요. 〈인생은 당신이 선택한 모든 것의
합입니다. 그래서 내일은 뭘 하실 건가요?〉

A. 무조건 커피로 하루를 시작해요. 원고를 쓰고 음악을 듣고 소설 몇 쪽이나 시 몇 편을 읽죠. 그리고 빵을 골라요.

해사하게 미소 지으며 말하는 그. 소소한 조각을 소중히 다뤄 가는 그만의 단정한 일상을 나도 모르게 좇다 보니, 어느새 노을 지고 있는 바다가 넘실거렸다.

기자의 말

⟨느닷없고 불가해한⟩ 슬픔, 어쩌면 ⟨무수한 속사정⟩으로 인한 아픔, 그 조각을 ⟨모아 둔 밤⟩, 이 모든 것을 온전히 받아들이겠다는 ⟨순수한 모순⟩.
이것이 종국에는 무용한 노력으로 귀결될지언정, 그럼에도 불구하고 포착되고 마는 순수한 얼룩들.
그리고 이 순수함이 ⟨언덕의 서점⟩을 조심스레 두드린다.
필경 ⟨우리의 진심으로 가닿길 바란다⟩는 그의 선언이 ⟨평면의 세계⟩를 용기 있게 거쳐 ⟨해변의 끝으로⟩ 반짝이는 모래의 그것처럼, 흩어진 아름다움으로써 담담히 우리네 삶에 편입될 것임을, 속삭이며.
이윽고 순수한 얼룩은 고개를 들어 ⟨어떤 기념일⟩, ⟨모래 편지⟩의 작은 진심을 목도하고는 사랑이라고 쓴 눈동자를 그리기 시작한다.
이제야, 그 눈빛이 투명하게 우리를 바라보고 있다.
⟨아껴 온 진심이 소멸할까 봐⟩, 그의 말을 속삭이며.

진심의 바깥

지은이 이제야
발행인 홍유진
발행처 에포케 스튜디오
주소 서울시 마포구 월드컵북로5길 33, 동아빌딩 202호
대표전화 02-334-2024
홈페이지 www.epoke.kr
인스타그램 @epoke_studio
이메일 hello@epoke.kr
에포케 스튜디오는 여러분의 소중한 원고를 기다립니다.

ISBN 979-11-991112-0-2 03810
발행일 2025년 2월 10일 초판 1쇄 2025년 3월 25일 초판 3쇄